La hormiga y el saltamontes

Louis Weber, C.E.O., Publications International, Ltd.
7373 North Cicero Avenue, Lincolnwood, Illinois 60712

Ground Floor, 59 Gloucester Place, London W1U 8JJ

Servicio a clientes: customer_service@pilbooks.com

www.pilbooks.com

p i kids es una marca registrada de Publications International, Ltd.

Fabricado en China.

8 7 6 5 4 3 2 1

ISBN-13: 978-0-7853-8667-4
ISBN-10: 0-7853-8667-X

La hormiga
y el
saltamontes

Ilustrado por Jason Wolff
Adaptado por Catherine McCafferty

Traducción:
Claudia González Flores y Arlette de Alba

Publications International, Ltd.

Comenzaba el verano. Los animales y los insectos andaban por todas partes disfrutando del cálido sol. "¡Llegó el verano! ¡La mejor época del año!", cantó el saltamontes. Sus alegres saltos lo llevaron de la fresca sombra de un arbusto hasta los brillantes rayos del sol. "¡Mucho sol, gran diversión!", agregó a su canción veraniega.

Una fila de hormigas pasó marchando frente al saltamontes cantador, llevando pequeñas semillas y pedacitos de comida. Al pasar, se les cayeron unas migajas al suelo. Antes de que las hormigas pudieran recogerlas, el saltamontes se las había comido todas.

La hormiga más grande, que iba hasta el final, se acercó al saltamontes. "Hemos trabajado muy duro para reunir esta comida", dijo la hormiga. "Debiste habernos ayudado a levantar lo que se nos cayó."

"Por eso su canción de verano suena mal", cantó el saltamontes. "El verano es para jugar, no para trabajar."

"El verano es para almacenar", dijo la hormiga. "Es el momento de recolectar la comida que necesitaremos en el invierno."

"Falta mucho para el invierno, yo prefiero jugar", dijo el saltamontes. Estaba a punto de irse saltando cuando la hormiga lo detuvo.

"¡Espera! ¿Qué hay de la comida que nos quitaste?", preguntó la hormiga.

"Ah, sí. Por ahí hay todo un trigal para remplazar sus migajas. Claro que yo prefiero los maizales, pero les quedan demasiado lejos para ir caminando." Después el saltamontes se fue brincando rumbo al maizal.

El saltamontes se subió a una planta de maíz. Una suave hoja le servía de cama. Sobre él, otra hoja le daba sombra. Y tenía a la mano hojitas que le daban comida.

"Esas hormigas pueden recolectar y trabajar y almacenar. Yo tomaré una siesta aquí para roncar." El saltamontes se quedó dormido rápidamente.

Mientras tanto, la hormiga llenaba los túneles de su casa con semillas y otros alimentos. "Cuando caiga la nieve, estaremos felices y cómodas en nuestro nido. Tendremos mucho que comer y mucho tiempo para jugar", pensó la hormiga.

Todo ese verano, el saltamontes miró a las hormigas. Mientras llevaban comida a su hormiguero, él dormía en su cama de maíz.

Pero un día, el saltamontes escuchó un gran ruido. ¡El granjero había llegado a cosechar el maíz! El saltamontes saltó de su cama de hojas y corrió hacia el pasto.

Cuando encontró un hongo, dijo: "Bajo este techo viviré. Y más tarde me lo comeré…", agregó para completar la rima.

Apenas se acababa de quedar dormido el saltamontes, cuando escuchó un ¡plop! Enseguida vio que su hongo se estaba cayendo.

"Oh, perdón", dijo una ardilla arriba de él. "Mis patitas estaban tan llenas de nueces que se me cayeron algunas. Puedes quedártelas."

El saltamontes se fue saltando. "A mí no me gustan las nueces, ni una, ni diez, ni trece."

En todos los campos y bosques, el saltamontes encontró ardillas que recolectaban nueces y parloteaban entre sí: "¡Encontré más!" "¿Ya escuchaste? ¡Va a caer mucha nieve este invierno!" y "Creo que ya tengo suficiente, pero prefiero asegurarme. ¡Va a ser un largo invierno!"

Con tanto trabajo era difícil jugar o dormir. En un rincón del campo de heno, el saltamontes encontró una pequeña piedra donde daba el sol. Apenas se estaba acomodando, cuando las hormigas pasaron marchando junto a él.

"¡Ustedes otra vez!", le dijo a la hormiga. "Pensé que ya tendrían suficiente. ¡No pueden comerse todo eso!"

"Siempre es mejor que sobre y no que falte", dijo la hormiga sin dejar de caminar.

El saltamontes frunció el ceño. El sol se había movido, y la piedra estaba fría. En el otro extremo del campo, el granjero estaba cortando el heno. "¿Acaso aquí nadie sabe cuándo hay que jugar?", preguntó.

Se fue saltando hasta un huerto de manzanas. Ya se había caído la mayoría de las hojas de los árboles. Pero el saltamontes todavía encontró unas cuantas manzanas pequeñas en el suelo. Las mordisqueó hasta llenarse. Después se acostó a tomar una siesta junto a las raíces del árbol. El saltamontes temblaba de frío. Buscó a su alrededor un sitio soleado, pero el sol ya se había ocultado. "Alguien debe decirle al sol que su día de trabajo aún no ha terminado", cantó triste.

El sol era algo que al saltamontes no le molestaba ver trabajar. Sin embargo, al paso de los días, parecía trabajar cada vez menos. El suelo también se sentía más frío.

Un día, cuando el saltamontes intentó mordisquear una manzana, se dio cuenta de que estaba congelada. "No me gustan las manzanas congeladas", dijo. "Preferiría estar en un sitio cálido con arroz a carretadas", cantó con voz temblorosa. No le gustaba mucho el arroz, pero le estaba dando hambre.

Entonces pensó: "Tal vez deba visitar a mis amigos, los ratones." El saltamontes entró a la casa de la familia de ratones de campo. Adentro estaba tibio. Al parecer no había arroz, pero el saltamontes estaba seguro de que tendrían otra cosa sabrosa.

"Gracias por visitarnos, Señor Saltamontes", dijo Mamá Ratona. "Lo invitaría a quedarse, pero todos mis hermanos y hermanas van a venir a pasar el invierno."

En ese momento, una multitud de ratones invadió la cálida madriguera.

Era lindo ver a los ratones abrazándose entre sí. Pero el saltamontes deseaba algo lindo que significara un lugar donde vivir y algo que comer.

El saltamontes brincó de regreso al huerto, pero el suelo estaba tan frío que le lastimaba sus patitas. Y la última manzana estaba tan congelada que no podía ni morderla.

"¿Dónde están esas hormigas, ahora que las necesito?", cantó el saltamontes.

De pronto comenzó a nevar. Poco a poco, el saltamontes se iba cubriendo de nieve. De un salto sacudió sus alas. ¡Tenía que resguardarse o se congelaría! Saltando lo más rápido que pudo, el saltamontes llegó hasta la cálida casa de las hormigas.

"¿Hay alguien en casa?", gritó el saltamontes al entrar por los túneles.

"¿Por qué no estás afuera jugando en la nieve?", preguntó la hormiga sabia.

El saltamontes deseaba decir que sólo iba de visita. Pero podía sentir el helado viento en su espalda. Con tristeza, el saltamontes cantó: "Debí haberlas oído. Ahora tengo miedo, hambre y frío." No fue su mejor canción, pero esperaba que la hormiga lo entendiera.

Afortunadamente, la hormiga lo comprendió. "Tu trabajo aquí será cantar para nosotras todos los días", dijo la hormiga riendo. "Ya que el invierno es nuestra época para jugar."

El saltamontes se quitó el sombrero, brincó sobre un viejo carrete, y comenzó a cantar y a bailar. Algunas hormigas también bailaban, mientras otras jugaban sus juegos favoritos de invierno alrededor del saltamontes.

La hormiga quería asegurarse de que el saltamontes también lo entendiera. "Nosotras tenemos comida para el invierno por haber trabajado tan duro. Si te quedas con nosotras este invierno, también tendrás que trabajar duro."

El saltamontes no dijo nada. ¿Y si era un invierno largo, como dijo una de las ardillas? Pero entonces recordó el hielo y la nieve.

Todo el invierno, el saltamontes cantó para la hormiga y su familia. El saltamontes pronto aprendió que tenía que trabajar duro para poder divertirse después.

Y al verano siguiente, el saltamontes cantaba mientras ayudaba a recolectar comida. "El trabajo del verano es lento y continuo. Pero cuando el invierno llegue, ¡no tendré frío!"

Y colorín colorado,
este cuento
se ha acabado.